冷奴以下省略の日なりけり

俳壇の盆栽俳句に亀鳴けり

少年に暗き海ある螢かな

飢餓海峡

角川春樹
Kadokawa Haruki

思潮社

飢餓海峡

飢餓海峡

角川春樹

思潮社

写真＝浅沼剛九
装幀＝間村俊一

目次

飢餓海峡

角川春樹

飢餓海峡

獄を出ておのれに残る裸かな

叛逆や子規の昼寝の百年後

蛇の穴よりぞろぞろと逃亡者

万緑の中やコップの水を足す

ひとり居《い》や冷蔵庫など開けてみる

向日葵《ひまわり》や父の戦後が駅にあり

少年に暗き海ある螢かな

銀河にも飢餓海峡のありにけり

天の川の真ん中にゐて淋しかり
ある夜のふぐり老いゆく冷奴

白玉やさうだ銀座のこのあたり

きちきちとキャベツを剝がす照子の忌

寝るための部屋に螢を放ちけり

夕焼けの路地に前世《ぜんせ》の記憶あり

天の川の下に手紙を投《とう》函《かん》す

炎天の穴よりこぼす銀の砂

にんげんに夜の来てゐる広島忌

昴忌は母・照子の忌日

すばる忌や海馬《かいば》の奥の蟬《せみ》しぐれ

熱砂より女のからだ剝がしけり

冷奴以下省略の日なりけり

終戦日水鉄砲を空に撃つ

昴の日遥かより夜の降りて来る

終戦日蛇が卵を生み落とす

終戦といふ不確かな今日がある

向日葵や信用金庫倒産す

炎天やどこかで皿の割れる音

父といふ火宅の人の端《はし》居《い》かな

還らざるもの多かりき遠花火

にんげんに生きる淋しさ酔《すい》芙《ふ》蓉《よう》

方舟の着きし銀河に神がゐる

地獄絵の余白に星の流れけり

新涼やアルミの皿の獄の飯

灯の涼し遠くの町が見ゆるなり

流星や俺がここにゐる不思議

銀河より星一つ落つ飢餓海峡

放《ほう》蕩《とう》の果てに燈《とう》籠《ろう》流しけり

創《つく》るとは傷つくること曼《まん》珠《じゆ》沙《しや》華《げ》

食つても食つても獄中の麦の飯

涼しさや加賀友禅の藍のいろ

獄を出て二年四ケ月

にんげんの光と影や鵙《もず》の贄《にえ》

実ざくろやわが身の海の冥《くら》かりき

たましひの抜けたる獄の案山子《かかし》かな

取つ手のない扉が固し獄の月

母恋へば獄の案山子の眠り得ず

をとつひもきのふも秋の鎖《くさり》垂れ

いつも来る神田に秋の日暮あり

透明になつて尾のある秋の暮

新蕎麦や父の時間の遠くなる

雨の日の短く鵙の鳴きにけり

アマンドの角を曲ればば秋のころ

鶏頭の昏れゆくまでを歩きけり

叛逆の彼方に青い案山子かな

十六夜の寂《さ》びたる水の逝きにけり
澄む水の器でありし一行詩

とある日の水うつくしき秋思かな

十六夜の明治大学ぬけてゆく

残る虫詩の空白に鳴きにけり

秋の灯やとなりの家の遠くなる

啄木の駅に水飲むななかまど

日の丸の釣瓶《つるべ》落としとなりにけり

新蕎麦や山口瞳が来るだらう

かりがねや遠くにひかる水がある

巻きもどしきかぬ世にあり虚栗《みなしぐり》

雁ゆきて海のやうなる夜が来る

押し移る雲に色ありななかまど

鳩吹くや遠きところに人泳ぐ

靴脱いで釣瓶落としとなりにけり

名を変へて流るる水や秋の暮

叛逆やわが銀漢に海を容《い》れ

破《や》れ蓮《はす》の夜明けかすかな不安感

かまつかの大き日暮に歩み寄る

新宿を手ぶらで歩く秋の暮

鶏頭に冷えのあつまる源義忌

こんなにも淋しい秋の水である

死も快《け》楽《らく》なるか枯野を故郷とし

何一つ残せず銀河に行く途中

綿菓子の棒が手にある秋の暮

ゆく秋の雲のあふれてゐる孤独

深秋のひとりにかなふ灯なりけり

ゆく秋の壊れるものを持て余す

つるつると駅の水飲む秋の暮

人の居る窓のあかりも冬に入る

日の中に枯れゆくこゑのありにけり

天上の紺つらぬきし冬木あり

手首のみ冬日に出して鉄格子

過去の絵の十一月の大きな木

しづかなる午後の余白の冬日かな

にんげんに辺境ありて火を焚けり

風《かざ》花《はな》の逮捕前夜は妻を抱き
十二月八日電話が鳴つてゐた

億年の銀河の下の鯨吼《ほ》ゆ

ゆふぞらを使ひきつたる冬至かな

風花を追へば彼《か》の世の父が見ゆ

氷河期の男が壺を焼いてをり

営業部出払つてゐる冬日かな

冬のブランコそこに静かな孤独あり

湯豆腐や火宅の人の血を継ぎぬ

もがり笛旅の終はりの檀一雄

獄を出て冬日にさらす首ひとつ

にんげんの裏も表も時雨けり

ゆく年の飢餓海峡に老いにけり

冬眠のなき人間に雪降り積む

去年《こぞ》今年《ことし》目つむりて背に負ひしもの
青き夜をいくたび重ね花に逢はん

獄中の飢餓海峡の吹雪きけり

家族の肖像

癌に生きる

浮き輪なき峰子の空を泳ぎけり

冬のブランコ北村峰子の現在地

風花のごときいのちと思ふべし
皇帝が白い廊下に立つてゐる

日記買ふおのれの顎のさみしき日

コンビニで買ふコンドーム開戦日

寒月や君なら章魚《たこ》になれるだろ

煤《すす》逃《にげ》やグリコの男いつも逃げ

義士の日や戦艦大和が組み上がる

ポインセチアの中にポインセチアの孤独

歳月の蒼む口光写真かな

少年の日の淋しさよ青写真

星の夜の金銀のこゑ白鳥湖

サーカスの象来るもがり笛つれて

鮟《あん》鱇《こう》鍋澱《おり》のごとくに獄の日々

一年の空見つくして年用意

寒つばき言葉の鬼がここにゐる

陛下の日血を流しゐるアスファルト

壊れゆく母が大根《だいこ》を煮てをりぬ
酒を煮てきのふの父を待つてゐる

寒月に駆けのぼりゆく詩と志と死

水飲んで眠る獄舎のクリスマス

誰か居るごとくにメリー・クリスマス

十指より何かこぼるる虎落《もがり》笛

言の葉の錨をおろす冬の斧
ちちははを放てば寒い海がある

山茶花《さざんか》やきのふの人がまた通る

味噌汁を温《ぬく》め直してクリスマス

歳晩の水捨ててゐる神田川

歳晩の貌ひとつなき帽子店

過ぎし日のしんかんとある冬の斧

数へ日のディズニーランドに行かないか

父として生きたし冬の天の川

歳晩のロダンの首にある孤独

老人やくるくる回るものに乗り
「さよなら」は冬の赤から始まりき

駅前の地下の茶房に年逝かす

年ゆくや父の書斎に父の椅子

日も月も水のごとくに年移る

大久保のコンビニにゐて年惜しむ

ゆく年の浮き輪を持つてゐる家族

ゆく年の静かなクロールが横切る

冬の斧二つの昭和越えて来し

あらたまの大日輪に呱《こ》呱《こ》のこゑ

悪《あく》辣《らつ》な詩を詠《よ》んでゐる海鼠《なまこ》かな

去年今年嘘八百を詠みにけり

ゆく年の人に扉のいくつあり

ゆく年の沖の彼方に父のくに

火を焚くや関東平野初がすみ

臓《ぞう》腑《ふ》なきものの静けさ木《で》偶《く》人形

楪《ゆずりは》や母を叱《しか》りしさびしさよ

数の子やわれに還らぬものいくつ

初東風《はつごち》や回転木馬にゐてひとり

あらたまの父母なき空もまた私

冬青空誰か残つてゐませんか

着ぶくれて俺はどうすればいいんだ

松過ぎておのれが翳《かげ》となる日暮

夕東風や家族漂流してゐたる

歌舞伎町帰化植物の枯れ残る

大寒や昭和の鬼が闇を来る

身の水脈《みお》に雪降る夜の葛湯《くずゆ》かな

葛湯吹く淋しい影が動きをり

ペコちゃんとグリコの男駆け落ちす

春の夜の鬼となりたる家族かな

節分や水子のひそむ洗面器

押入れに棲みたる鬼を父と呼ぶ

寒明けの暗《あん》渠《きょ》を泳ぐ水子かな

春立つや無名ゆたかな一行詩

春の雪絵本のやうな赤いバス

春遠く獄の扉の閉まる音

混沌の時空に野火を放ちけり

仏壇の中の銀河も二月かな

淋しさに栄螺《さざえ》のネジを巻きにけり

ちちははの諍《あらそ》ひし夜の涅槃西風《ねはんにし》

しんしんと積るひかりや牡丹の芽

春の山大悲の水の流れけり

ニン月の動く歩道にゐる孤独

フロイトの脳の地平に涅槃吹く

春暁のベッドに鱗《うろこ》こぼしけり

ペコちゃんの雲《うん》古《こ》のやうな犬ふぐり

建国日日暮のやうな便所より

建国日暗渠に赤い魚を飼ひ

のつぺらな平和が街に立つてゐる
建国日公衆便所に手淫する

不発弾今夜は青い亀が鳴く
天皇がマクドナルドにゐる孤独

建国日渋谷の夜が壊れてゐた
父といふ男がひとり西行忌

しやぼん玉生き身ひとつの暮れゆけり

つちふるや水子を包む新聞紙

二月二十日、小林多喜二の命日

日輪の黄なる夕べや虐殺忌

蛤《はまぐり》の舌出す夜の虐殺忌

亀鳴くや生前贈与のコンドーム

亀鳴くや母の形見の正露丸

紅梅の中に白梅散りにけり

二月二十五日、飯田龍太死す

逃水や百戸の谿《たに》に龍太なし

バス停の龍太の空をつばくらめ

紅梅の中に死までの距離があり

一〇五円の夏目漱石霾《つちふ》る中

春風邪の人が国歌を奏《かな》でをり

二・二六事件

皇軍に二月の雪の降るばかり

青年将校春の雪は汚れてゐた

檄《げき》文《ぶん》が血を流しゐる春の雪

蜃気楼立入禁止の向かう側

蜃気楼ニッポン人を飼ひ殺す

魂の売れ残りたる二月尽

流れつつ雲を見てゐる雛《ひひな》かな

雛の眼の戦火見て来し角川家

夢見月は三月の異称

夢見月いのちあるものの穴を出る

紙風船この世さみしき歌ばかり

あの日からエデンの東に君がゐる
船の灯にジャズの洩れくる復活祭

聖土曜雨の茶房の暮れゆけり

寂々と春の奈落のノラの家

からっぽのコップの中の春の修羅

ブランコや水曜といふさみしき日

凡々の日や母が来て木《き》の芽《め》和《あえ》

敗者にも春のひかりの余すなし

亀鳴くや俳諧といふ絵空事

俳壇の盆栽俳句に亀鳴けり

草餅やさびしき時は空を見る

擬《ぎ》装《そう》されたる正義に蠅の生れけり

しやぼん玉空地に捨ててあるナイフ

逃水を追ふ少年の日なりけり

ふらここやこんなに人と遠くゐる

いま過ぎしもの

いま過ぎしもののひかりや猫柳

おのづから淡きひかりの猫柳

鳥ぐもりひとりボールを蹴つてをり

亀鳴くや子として父になにをせし

光る風父のライカを首に吊り

花季《はなどき》の手淫に耽《ふ》ける真昼かな

花みづき僕を好きだと言ひなさい
夢の世の花の吹雪ぞただ狂へ

狂ひつつ花の吹雪の中にゐる

蒼き狼桜吹雪を浴びて死ね

それよりの桜月夜となりにけり

たましひの話などして青き夜

吹く風の水をかすめてゆくひかり

四月馬鹿焚《ふん》書《しょ》の刑のサザエさん

ひとすぢの春のひかりの鉄格子

獄を出て花の夕べの鯛のめし

鯛めしやさくらの色の雨が降る

遠くまで来てしまひたる花行《あん》脚《ぎや》

花行脚なにかにつけて照子の句

春光や父の手《て》擦《ず》れの二眼レフ

草餅や旅にあるかに昼深し

春の風邪身の閂《かんぬき》の揺ぎゐる

にほん語に身を横たふる桜鯛
うかつにも亀を鳴かせてしまひけり

魚の目をつぶし明日は四月馬鹿

堕胎せる言語に蠅の生れけり

風車きのふが遠くなりにけり

「さようなら」水木の花が咲きました

白鳥となるまで花の吹雪きけり

白鳥の蕊《しべ》をこぼして帰りけり

春の水彼岸の鐘の鳴り止まず

花の中銃声ひとつ轟《とどろ》きぬ

名も水もなき橋にして花あしび

春《しゅん》筍《じゅん》を食べて背筋を伸ばしけり

つちふるや全ては脳にゐる「私」

春《しゆん》暁《ぎよう》のロボットにある憂ひかな

劇団がまたひとつ消え花ぐもり

四月一日積木の家の灯がともる

もう一つの空見つからぬしゃぼん玉

薔薇の門夕べの弥《ミ》撒《サ》の始まりぬ

おーい雲雪解《ゆきげ》の水のあふれてる

春暁や永遠《とわ》に落ちゆく砂時計

死に処《どころ》なき蕩《とう》児《じ》来て花の雨

逃水やどこかにきつと落し穴

花冷の空席ひとつここにある

鞦《しゅう》韆《せん》やこころに恋ふる人ひとり

花冷の今夜はここにゐて下さい

四月馬鹿レーニン全集返品す

しゅんしゅんと湯を滾《たぎ》らせて蝶の昼

リラの夜や鰭《ひれ》あるものが徘《はい》徊《かい》す

行きつくところ

四月馬鹿財布に偽の小判あり

ライラック午後はこころの飢ゑてをり

淋しさに人を泣かせて春の暮

メーデーや淋しい影が歩きをり

花は葉にしづかな雨の降りにけり

東京大空襲

三月十日つちふる中に夕日落つ

ポケットになんにもなくて春逝かす

ゆく春や父の時計が午後を打つ

私から私の逃げる春の暮

四月一日毀《こわ》れた私捨てられず

ポケットに両手を落とし鳥雲に

真夜中に耳覚めてゐるライラック

メーデーや私の居場所はどこですか

つちふるやさくら通りの静かなデモ

ゆく春の午後の怠《たい》惰《だ》を鞣《なめ》しけり

日の中に子雀遊ぶ鉄格子

夕空を傾けてゐる雀の子

蠅生れブリキの太鼓鳴り響く

春惜しむ例へば誰かのためでなく
しやぼん玉空は淋しいふりをする

鳥雲にこころの飢ゑの故知らず

春筍に天を貫くこころざし

ゆく春の水は水へと流れけり

花は葉に兄の形見のジャズ雑誌

兜煮の目玉を食べて春逝かす

ゆく春や遠くの窓の暮れてゆく

春筍やこの世まだまだ捨てがたし

春愁のをんなの臍の寂とあり

ゆく春やいつかどこかで君を待つ

手《て》鞠《まり》麩《ふ》を椀に浮かべて春惜しむ

葉ざくらやひかりの差さぬ獄の窓

獄を出て三年

ゆく春や遥かなる日のこぼれ落つ

花の日や詩の革命をこころざす

花の日の花の浄土に暮れゆけり

さくらさくらふぶき銀河に深入りす

一行詩集飢餓海峡・畢

あとがき

『飢餓海峡』のタイトルは、一九五四年に実際に起きた青函連絡船の転覆事故を背景に、戦後日本の庶民の愛憎と貧困を描いた水上勉の社会派長編推理小説『飢餓海峡』から取った。

しかし、一行詩集にこのタイトルを思い付いたのは、宇宙の誕生から現在も光速で膨張し続ける宇宙の果てまで溯った、平成十六年の元日から三日間の獄中体験からである。二年五ヵ月と三日間、私は「生の最低点」である刑務所の中で、「神とは何か？」「仏とは何か？」、或いは「人間はどこから来て、どこへ還ってゆくのか？」という疑問を絶えず模索し続けてきた。それがある日突然、獄中の労働から解放された三日間の内に、宇宙の創世から、自己の存在の意味に至るまで、明らかなヴィジョンを伴って追体験したのである。

私の肉体と魂は「時空《とき》の旅人」として、何億年もの間、宇宙を彷徨し続けてきた。文芸評論家の磯田光一氏は私の句集『猿田彦』の解説の中で、「角川春樹の魂の故郷は銀河である。彼は男ではなく、漢であり、荒ぶる神である」と指摘した。また、詩人で小説家の辻井喬氏は、「角川春樹は天の川から来た孤独な訪問者」であると、雑誌「アエラ」のインタビューに答え

ている。私の句集や一行詩集に銀河を詠った作品は、無数にある。例えば、

光年の銀河に蝶の紛れゆく

ほとけとはいのちなりけり蟬時雨

根源のいのちが淋し天の川

いづれ死ぬこの世でありし鰯《いわし》ぐも

父ひとり星河《せいが》を渡る月の船

これらの作品は、『角川家の戦後』（思潮社）の一部である。私は過去に句集として十六冊、一行詩集として二冊上梓しているが、一貫したテーマは、日本文化の根源にある「いのち」と「たましひ」を詠うことであり、永遠に流れて止まらぬ時間と空間を詠うことだった。具体的な作品に触れて、このことを明らかにしたのは、「月刊ランティエ。」の七月号の「魂の一行詩」の作品批評である。

光年の孤独を亀の鳴いてゐる　野田久美子

人間の存在そのものが、大いなる銀河の一点にすぎないと同時に、人間もまた宇宙を在らしめている存在である。その人間存在も、永遠の時の流れの中での、これまた一点にすぎない。「魂の一行詩」の要である「永遠の今」を詠うことは、詩人としての在り方に関ってくる。野田久美子氏は「亀鳴く」の季語を使って、人間の本質的な寂寥感を詠おうとしている。次の一句が参考になろう。

根源のいのちが淋し天の川　　角川春樹

私が宇宙にも存在する飢餓海峡を追体験したのは、前述の平成十六年の一月元旦から三日までの間だったが、獄中そのものが飢餓海峡であった。しかし、それが作品として結実したのは、出獄した平成十六年四月八日から一年半が経ってからである。きっかけは、平成十七年の「河」十月号の次の作品からである。

銀河にも吹雪く海峡ありにけり　　鎌田正男

「河」の有力な詩人である鎌田正男氏のこの「魂の一行詩」に、私の脳内は爆発するような衝撃を受けた。一行詩集『朝日のあたる家』が、淵脇護氏の次の作品に触発されたと同様である。

初つばめ夜明け淋しき歌舞伎町　　淵脇　護

宇宙の中のある惑星は戦争によって消滅し、またある惑星は地下に超古代遺跡を残したまま氷に閉ざされた。宇宙には、吹雪く海峡も飢餓海峡も存在する。一行詩集『角川家の戦後』の冒頭近くに、次の一句がある。

叛逆や銀河の砂を平《なら》しゐる

この句は「虚」ではない。「実」である。かつて宇宙の叛逆者であった私の流刑地の出来事である。第一句集『カエサルの地』のあとがきを引用して、この稿を終えたい。

昭和五十二年六月二十八日、野性号二世は、フィリピンのルソン島アパリ港から黒潮のベルトに乗って、四十四日間の旅を終えようとしていた。その時、天啓のようにひとつのことが閃いた。終った瞬間に、また次の旅が待っているといった予感である。つまり、出口が入口になっていて、それを線で結ぶとひとつの環になるという想念《イデー》だった。事実、三年後の昭和五十五年五月八日に野性号三世は、下田港を出航して十二月八日にチリのバルパライソ港に到達した。この日、ニューヨークでジョン・レノンが暗殺された。

六年前の昭和五十年の夏、初めて古代船野性号一世を建造し邪馬台国の踏査を終了して以来、二世は一世よりも古代に溯る稲作文化の源流を探る旅であり、三世はさらに古代に溯る縄文文化と環太平洋文化の絆を探す旅であった。そうした失われた環《ミッシング・リング》を求めて行くと、つまり古代へ溯れば溯るほど超未来に近づいて行くという考えに取り付かれた。自分の個人的な旅は、宇宙そのものの歴史と直結しているという意識だ。肉体は滅びても、意識は依然として存在し続けるだろう。野性号三世の旅が終わった時、ひとつの詩《うた》が生まれた。

縄文のかけらを耳に冬田打つ　　角川春樹

これはひとつの仮定だが、一行の詩を生むために私はこれからも旅を続けていくような気がする。

私の旅は、今始まろうとしている。

飢餓海峡《きがかいきょう》

著　者　角川春樹《かどかわはるき》

発行者　小田久郎

発　行　株式会社思潮社
〒一六二-〇八四二　東京都新宿区市谷砂土原町三-一五
電話　〇三-三二六七-八一五三（営業）・八一四一（編集）
ファクス　〇三-三二六七-八一四二　振替〇〇一八〇-四-八一二一

印　刷　凸版印刷株式会社

製　本　小高製本工業株式会社

発行日　二〇〇七年十月一日